Die junge **DaF** Bibliothek

AF177824

A2/B1

Abenteuer am Meer

Von Andrea Behnke

Illustriert von Stefan Bachmann

AUDIOS online

Audios online verfügbar unter
cornelsen.de/webcodes   **Code: miyeni**

Cornelsen

Abenteuer am Meer

Von Andrea Behnke
mit Illustrationen von Stefan Bachmann

Lektorat und Redaktion: Joachim Becker
Redaktionelle Mitarbeit: Franziska Gross
Layout und technische Umsetzung: Klein & Halm Grafikdesign, Berlin
Umschlaggestaltung: Ungermeyer – grafische Angelegenheiten, Berlin

Illustrationen
alle Cornelsen / Stefan Bachmann

Bildquellen
Cover (Haus): shutterstock/Pawel Kazmierczak; (Jungen in der Mitte): Fotolia/
xalanx; (Mädchen): shutterstock/oliveromg; (Seehund): shutterstock/emka74;
(Vögel): shutterstock/HGuntermann; **S. 5**: Cornelsen/Volkhard Binder; **S. 40** Mitte
links: Fotolia/helmutvogler; Mitte rechts: Fotolia/Grzegorz Lenkiewicz; oben rechts:
Fotolia/rpeters86; unten links: Fotolia/schachspieler; unten rechts: Fotolia/Olaf;
S. 41 Mitte links: Fotolia/smile-design; Mitte rechts: Fotolia/pixeltripps; oben rechts:
Fotolia/fujipe; unten links: Fotolia/dola710; unten rechts: Fotolia/susannesteenbuck

www.cornelsen.de

1. Auflage, 4. Druck 2025

© 2018 Cornelsen Verlag GmbH, Mecklenburgische Str. 53, 14197 Berlin,
E-Mail: service@cornelsen.de

Druck: H. Heenemann, Berlin

ISBN 978-3-06-120862-2

PEFC-zertifiziert
Dieses Produkt
stammt aus
nachhaltig
bewirtschafteten
Wäldern

PEFC
PEFC/04-31-1156   www.pefc.de

Inhalt

Personen

Merle kommt aus Hamburg.
Sie ist 13 und geht in die 8. Klasse.

Kenan geht in dieselbe Klasse
wie Merle. Er kennt Merle schon
seit dem Kindergarten. Er ist 14.

Paul ist in Merles und
Kenans Schule. Er ist aber in einer
anderen Klasse. Er ist 13.

Lisa wohnt in Köln.
Sie geht in die 7. Klasse und ist 13.

Wer leitet die Reise?

Jonas ist Reiseleiter. Er ist 35 Jahre alt und
kommt aus Emden. Das ist eine Stadt an der
Nordsee. Er hat Biologie studiert.

Gesa lebt auf der Hallig.
Sie ist 28 Jahre alt. Sie hat Geografie studiert.
Jetzt ist sie Reiseleiterin und Wattführerin.

Und ...

Orte der Handlung

Siedlungsfläche	Geest und Marsch	Eisenbahn (IC)
Warften (bewohnt)	Deichvorland	Bundesstraße
Hauptdeich	Strand, Sandbank	Landesstraße
Grenze Naturpark	Watt	Fährlinie
		Lorendamm

0   10   20   30 km

Kapitel 1 | Tschüss Festland!

„Alles grau", sagt Merle. Sie guckt aufs Wasser.
„Hoffentlich haben wir kein schlechtes Wetter", sagt Kenan.
Er fährt mit Merle und einer Jugendgruppe ins Feriencamp.
Jetzt warten sie auf die Fähre. Der Reisebus ist wieder in
die Stadt gefahren. Sie stehen am Ufer und schauen auf das 5
Meer.
„Ach was! Am Meer ist das Wetter immer besser als auf dem
Festland[1]", sagt Merle.

Plötzlich ist da ein Junge, er rennt zu ihnen.
„Glück gehabt." Er bekommt fast keine Luft, so schnell läuft 10
er. „Ich dachte, ich komme zu spät."
Er ruft zu seinen Eltern: „Alles gut. Ihr könnt fahren."
„Och nee." Kenan guckt ärgerlich. Er flüstert Merle zu: „Nicht
der auch noch."
„So schlimm ist es nicht", sagt sie. 15
Sie winkt dem Jungen zu. Es ist Paul aus der Nachbarklasse.
„Was machst du denn hier?"

„Das Gleiche wie ihr, denke ich. In den Urlaub fahren."
„Warum bist du nicht mit uns im Bus gekommen?"
„Verschlafen." Paul grinst. „Meine Eltern haben mich ge- 20
bracht."
Kenan fragt: „Und warum muss es unbedingt dieses Camp
sein?"

---

1   *das Festland, nur Sg.*: keine Insel, kein Meer

Merle schaut ihn streng an. Sie und Kenan kennen sich schon aus dem Kindergarten.

Paul sagt: „Meine Eltern fanden das Camp gut. Mit Natur und so."
5 Kenan grummelt.
„Ich möchte lieber baden. Und in der Sonne liegen", sagt Paul.

Da kommt Jonas zu ihnen. Er ist der Reiseleiter. Er begleitet die Jugendlichen auf ihrer Schiffsfahrt zur Hallig[2] Hooge.
„Hi", sagt er. „Ihr drei kennt euch also schon."
10 „Leider", murmelt Kenan.
Jonas hat ihn nicht gehört. „Da kommt die Fähre."

2 *die Hallig, -en*: Im nächsten Kapitel wird erklärt, was eine Hallig ist.

„Ich dachte, die Fähre ist größer." Kenan ist überrascht.

„Es ist ja keine Autofähre", sagt Jonas.

Alle steigen ein. Es nieselt leicht. Merle setzt ihre Kapuze[3] auf.

„Kommt ihr mit nach oben, an Deck[4]?"   5

Kenan sagt sofort: „Zu nass."

„Ich komme mit", sagt Paul.

„Dann komme ich auch mit." Kenan macht seine Jacke bis oben zu.

„Warum?"   10

Kenan guckt Paul böse an. „Nur so", sagt er.

Es ist laut an Deck. Und kalt. Für einen Sommertag ist es sogar sehr kalt.

„Riecht mal, das Meer", sagt Merle. „Ich liebe das Meer."

Die Wellen sind hoch. Die Fähre bewegt sich nach links,   15
dann nach rechts, dann nach unten, dann nach oben, dann wieder nach links ...

„Mir wird schlecht", sagt Kenan. „Ich glaube, ich bin seekrank[5]."

Er geht wieder nach unten. Merle atmet tief ein. Sie blickt 20
zurück. Das Festland ist kaum noch zu sehen.

Paul ruft: „Strand, wir kommen!"

---

3 *die Kapuze, -n*: wie ein Hut, der an der Jacke ist
4 *das Deck, -s*: oben auf dem Schiff
5 *seekrank*: ein schlechtes Gefühl, wenn man auf einem Schiff ist und das Meer nach oben und nach unten geht

Kapitel 2 | Hallo Hallig!

Die Fähre kommt in den Hafen. Am Ufer steht Gesa. Sie
wohnt auf der Hallig. Und sie leitet mit Jonas das Camp.
„Ich bin das erste Mal auf einer Hallig", sagt Paul.
„Ich war schon auf Norderney", sagt Kenan.
5 „Das ist ja eine Insel."
„Ist eine Hallig keine Insel?"
„Nein, eine Hallig ist ... eben eine Hallig."

Gesa lächelt. Sie erklärt: „Eine Hallig ist ein kleines Stück
Land im Wasser. Es steht immer wieder unter Wasser. Dann
10 ist das Meer überall."
„Wow. Und wo wohnt ihr dann?"
„Wir bleiben in unseren Häusern." Gesa zeigt auf Hügel. „Die
Häuser stehen auf Warften. So nennt man diese Hügel."
Gesa erzählt, dass sie immer genug zu essen im Haus hat.
15 „Wenn ich mal nicht raus kann."

Kenan blickt sich um. „Wenig los hier."
Gesa sagt: „Das werden wir jetzt ändern, oder?"
Paul, Kenan, Merle und die anderen setzen sich ihre Ruck-

säcke auf den Rücken. Einen Bus gibt es auf der Hallig nicht.
Es gibt nur Pferdewagen, Fahrräder und ganz wenige Autos.
Die Jugendlichen gehen zu Fuß zu ihrer Unterkunft.

„Wo gehen die Kinder denn zur Schule?", fragt Merle.
„Es gibt hier eine Mini-Schule", erklärt Gesa. „Mit acht Kin- 5
dern und Jugendlichen. Sie sind alle in einer Klasse."
„Das ist ja lustig", meint Merle und denkt an ihre riesige
Schule in der Stadt. In ihrer Klasse sind 30 Schülerinnen und
Schüler. Kenan ist einer von ihnen.

Er hat einen roten Kopf, atmet laut und hat keine Kraft mehr. 10
„Ist es noch weit?", fragt er. „Mein Rucksack ist total schwer."
„Bei uns ist nichts weit. Das Jugendhaus ist da vorne." Gesa
zeigt auf ein paar Häuser auf einem Hügel. Vor und neben
dem Hügel ist ... nichts. Nur ein Hügel, ein paar Häuser und
ganz viel Grün. 15
„Mir ist hier jetzt schon zu viel Natur", schimpft Paul. Nahe
beim Jugendhaus stehen ein paar Kühe und fressen. „Es sind
ja mehr Tiere als Menschen hier."
„Du kannst ja sofort wieder nach Hause fahren!", sagt Kenan
laut. 20

Neben Merle steht ein Mädchen. Es ist Lisa. Sie ist auch in
dem Camp. Sie kennt noch niemanden. Sie hat keine Freun-
din dabei. Merle findet, dass Lisa nett aussieht. Lisa kommt
aus Köln, einer großen Stadt
Merle zeigt auf Paul und Kenan. „Sie sind oft so", sagt Merle 25
zu Lisa.
„Kennst du die beiden?", fragt Lisa.
„Jaaa, leider!" Merle rollt mit den Augen.

Kapitel 3 | Auf dem Weg zur Sandbank

Der erste Ausflug steht an. Zu einer Sandbank[6].
„Das ist keine richtige Bank." Gesa macht es spannend.
„Wir wandern durchs Watt", sagt sie. „Freut euch auf eine
Überraschung!"

5 Heute ist es warm. Die Sonne scheint. Da – das Watt! Alle
stehen ohne Schuhe in schwarzer, nasser Erde. Die Füße und
Beine sinken in die Erde und sie klebt an den Beinen. Es ist
angenehm kühl.
„Wie früher", denkt Merle, „als ich klein war und im Sand
10 gespielt habe. Nach einem Regen war der Sand so schön
matschig[7], wie hier jetzt das Watt."
„Gesa, was ist das, dieser Matsch?"
„Das nennt man Schlick, Paul."
Kenan gräbt seinen Fuß ins Watt. Er zieht ihn wieder heraus.
15 Der Fuß ist braun.

6 *die Sandbank, ¨-e*: ein Stück Land aus Sand im Meer
7 *matschig, wie Matsch, der, Sg.*: nasse und weiche Erde

Ganz weit weg erkennt Merle die Sandbänke. Sie sehen aus
wie Sand, der auf dem Meer schwimmt, wie kleine Wüsten
mitten im Meer, ins Meer gemalt.
„Da wollen wir hin", sagt Gesa.
„Wir sind doch schon gleich da", sagt Paul. 5
„Ihr irrt euch. Das ist weiter weg, als es aussieht."

Paul geht rechts von Merle. Kenan geht links von Merle. Lisa
ist auch dabei.
„Die Sandbänke kommen immer näher an die Hallig. Das
Meer drückt die Sandbänke immer ein kleines Stück weiter. 10
Sie bewegen sich auf die Hallig zu."

„Vielleicht sollten wir dann erst
später wandern. Dann wäre es
nicht so weit." Kenan ist schon
wieder müde. Und sie laufen erst 15
eine halbe Stunde.
„Wenigstens tun die Füße nicht
weh." Merle bückt sich. Sie spritzt
etwas Wasser an ihre Beine. Im
Wasser sind Algen[8]. Sie stecken zwischen den Zehen. 20

Sie gehen weiter. Nach einiger Zeit ist kein Wasser mehr
da. Die Füße spüren trockenen Sand. Ein paar Muscheln[9]
stechen.

8 *die Alge, -n*: Gras unter Wasser
9 *die Muschel, -n*: Tiere, die im Wasser leben und die außen hart wie
ein Stein sind. Man kann sie öffnen und das, was innen ist, essen.

Merle und Lisa sammeln Muscheln.
Es gibt Muscheln mit einem Loch.
„Für eine Kette", sagt Merle.
Sie schaut nach oben. Die Wolken
5 sehen aus wie Watte. Der Sand leuch-
tet hell. Aber es ist windig. Der Wind
ist stark. Er weht[10] den Sand in die Augen.

„Manchmal könnt ihr Bernstein finden", sagt Gesa. Sie holt
einen braunen Stein aus ihrer Tasche. Sie hält ihn gegen die
10 Sonne. Er bekommt die Farbe von Honig. Merle nimmt den
Stein in die Hand. Er ist ganz leicht.
Sofort suchen alle. „Am einfachsten ist es im Herbst. Wenn
es kühl ist, der Wind sehr stark ist und das Wasser auf die
Sandbank kommt", sagt Gesa.
15 Lisa hat als Erste ein Stück Bernstein entdeckt.

Kurz darauf ruft Paul: „Ich habe auch
ein Stück Bernstein!"
Gesa dreht und wendet den Stein.
Sie schmunzelt. „Das ist braunes
20 Glas", sagt sie. „Das Meer hat das Glas
rund gemacht." Kenan lacht laut. „Ein
Flaschenstein." Paul ist beleidigt. „Haha, wie witzig."

Merle hat mehr Glück. Sie findet ein Stück Bernstein. Das ist
echter Bernstein. Kenan sucht auch. Aber er findet nichts.
25 „Den Bernstein könnt ihr später glatt und rund machen",
sagt Gesa.

10 *wehen*: die Bewegung der Luft

Kapitel 4 | Tiere und Menschen

Endlich kommt die Gruppe auf der Sandbank an.
Paul gefällt es dort überhaupt nicht. „Hier ist ja gar nichts.
Absolut nichts!" Er bohrt seinen großen Zeh in den Sand.
Der Sand ist ganz fein.
„Was hast du denn erwartet? Strandkörbe? Partys?" Kenan 5
geht schneller.

Die Landschaft sieht aus wie ein anderer Planet. Eine Welt
aus Sand. Sand. Und über dem die Wolken. Sonst nichts.
Kein Mensch wohnt hier, eine leere Landschaft.
Oder doch nicht? Da fliegen plötzlich Vögel hoch. Viele 10
schwarze Punkte verschwinden im Blau des Himmels.

„Das sind Watvögel", erklärt Jonas.
„Wattvögel", verbessert Paul.
Jonas schüttelt den Kopf. „Nein, Watvögel. Mit einem T. Weil
sie durch das Wasser waten. 15
„Was bedeutet ‚waten'?", fragt Paul.
„Waten' – das ist, naja, also, man geht langsam, weil man in
die Erde oder ins Wasser sinkt. Die Füße stecken ein biss-
chen fest und man muss sie wieder hochziehen. Das ist
‚waten' – sieht sehr lustig aus", antwortet Jonas. 20
„Vielleicht bin ich auch ein Watvogel." Lisa guckt vergnügt.
Sie läuft wie ein Vogel und bewegt die Arme nach oben und
nach unten.

Auf einmal zeigt Merle in eine Richtung und ruft. „Wie süß!" Sie ist ganz aufgeregt. Seehunde[11]! Ein ganzes Rudel Seehunde. Sie liegen auf der Sandbank. Seehunde kennen Kenan, Merle und Paul nur aus dem Zoo.

5 Sie wollen sofort losrennen. „Stopp!" Gesa winkt sie zurück. „Da dürfen wir nicht hin! Dort ruhen sich die Seehunde aus. Das Gebiet ist für Menschen verboten! Es ist nur für die Tiere."

„Aber hier, wo wir jetzt sind, waren zu viele Menschen",
10 meint Merle. Sie hebt eine leere Plastikflasche hoch. „Die hat wahrscheinlich jemand weggeworfen."

Lisa entdeckt etwas weiter weg ein großes Netz. Auch aus Plastik, um Fische zu fangen. „Das hat jemand von einem Boot ins Meer geworfen. Und nun ist es hier."

15 Und Kenan bringt einen alten Eimer und eine Plastiktüte. „Alles Müll."

Gesa seufzt. „Das ist ein großes Problem. Leider."

---

11 *der Seehund, -e*: graues Tier, das im Wasser und auf dem Land lebt

Sie legen den Müll in einen Beutel. „Den Müll nehmen wir mit an Land und werfen ihn dort in einen Müllcontainer", sagt Gesa.

Kenan legt sich in den Sand und macht die Augen fast ganz zu. Der Sand ist warm. Wie ein Bett. Merle setzt sich neben ihn. Sie legt ihm etwas Seetang[12] auf die Haut. Kenan muss lachen. „Nicht einschlafen!"
Kenan atmet ganz leise, wie eine Katze, wenn sie schläft.

Paul geht noch einmal auf Suche nach Bernstein. Nach ein paar Minuten kommt er zurück.
„Jetzt habe ich endlich einen."
Paul hält Kenan einen Stein unter die Nase. „Echter Bernstein!"

Kenan gähnt. „Ist mir egal", sagt er und legt sich auf die Seite. Merle schaut das Stück Bernstein genau an. Ganz rund ist es. „Klasse sieht das aus." Sie holt ihren Stein noch einmal hervor. „Sieht fast aus wie meiner." Paul und Merle halten die Steine hoch, ins Licht.
Da steht Kenan auf. Er klopft sich den Sand von der kurzen Hose. „Ein brauner Stein eben. Mehr nicht." Merle guckt Kenan überrascht und traurig an. Sie sagt aber nichts.

Gesa schaut auf die Uhr. „Bevor ihr müde werdet: Wir müssen gleich wieder los. Sonst schaffen wir es nicht rechtzeitig zurück zur Hallig. Wir können ja nur bei Ebbe laufen."

---

12 *der Seetang, nur Sg.*: Algen, die nicht mehr im Meer sind, sondern auf dem Strand liegen

Kapitel 5 | Achtung: Seenebel!

Sie gehen los. Die Sonne scheint. Kein Wind. Es ist ein wenig unheimlich.

Alle sind erschöpft. Es ist ganz ruhig. Merle atmet tief durch. Sie verlassen langsam die Sandbank. Nur ein paar Seevögel
5 sind aufgeregt: Sie schreien, fliegen über der Sandbank, fliegen über dem Meer.

Auf einmal wird der Himmel dunkel. Weg sind die Wolken. Der Wind weht durch die Haare.

„Wie kühl es jetzt ist." Lisa ist kalt. Sie macht ihre Jacke zu.
10 Paul setzt die Kapuze seines Pullovers auf.

Merle reibt sich die Augen[13]. Gerade konnte sie noch ganz weit hinaus auf das Meer sehen. Jetzt ist es diesig. Und neblig.

Die Gruppe bleibt stehen.

„Das ist Seenebel[14]."
15 „Aha", macht Paul. Er beißt auf seinem Daumennagel herum. Plötzlich ist alles ganz eng. Man kann nur ein paar Meter weit gucken.

---

13 *reiben*: etwas auf eine andere Sache legen und hin und her bewegen; *sich die Augen reiben*: mit Finger oder Hand die Augen reiben; Bedeutung hier: etwas sehen, aber nicht glauben, dass man es sieht
14 *der Seenebel, -*: Nebel über dem Meer, der plötzlich kommt

„Wo müssen wir denn jetzt hingehen?" Lisas Stimme klingt
ganz ängstlich. Merle reibt sich über die Arme. Sie spürt eine
Gänsehaut[15]. Und das kommt nicht nur von der Kälte.

Jonas zieht einen Kompass[16] aus dem Rucksack.
„Keine Sorge!", sagt er. „Der hier hilft."   5
Gesa guckt auf den Kompass. Die Nadel im Kompass zeigt
nach Norden. „Jetzt noch das ‚N' unter die Nadel drehen...",
denkt Gesa. „So, wir müssen in diese Richtung gehen."

Ihr Handy klingelt.
„Hallo? ... Ja, wir sind alle zusammen. ... Ich denke, wir schaf-   10
fen das. ... Ich melde mich ..."
Sie sagt: „Das war die Seenotrettung[17]."
„Rettet die uns?"
Jonas schüttelt den Kopf. „Wir haben uns ja nicht verlaufen,
wir wissen, wo wir sind und wohin wir gehen müssen."   15

Gesa sucht etwas in ihrem Rucksack. Sie holt ein langes Seil[18]
heraus.
„Wir haben ja das hier! Daran müsst ihr euch jetzt festhal-
ten."

15 *die Gänsehaut, nur Sg.*: kleine Punkte auf der Haut, wenn es kalt wird
oder wenn man Angst hat
16 *der Kompass, -e*: ein Gerät, das Norden, Süden, Westen und Osten
anzeigt
17 *die Seenotrettung, nur Sg.*: Menschen, die bei einem Unfall auf dem
Meer helfen
18 *das Seil, -e*: Auf dem Bild kann man ein Seil sehen.

„Können wir uns nicht an die Hand nehmen?" Paul lächelt
Merle zu. Sie reagiert nicht. Sie möchte nur zum Jugendhaus
zurück. So schnell wie möglich.

Kenan sagt: „Wir sollen ans Seil fassen. Das hast du doch
5 gehört."

Alle bilden eine Schlange. Gesa geht vorne, mit dem Kompass. Jonas geht am Ende der Schlange. So waten sie durchs
Watt. Sie können nur ein paar Meter weit sehen. Sie gehen
langsam. Die Füße sind eiskalt. Mitten im Sommer.

10 „Da ist die Hallig!" Alle freuen sich. Wie ein kleines „Hallo"
kommt die Sonne durch die Wolken.

„So ist es hier. Der Nebel kommt schnell. Und er geht schnell."
Etwas später ist es schon wieder warm – das beste Wetter,
um im Meer zu baden.

15 Kenan zeigt aufs Meer. „Wollen wir schwimmen?", fragt er.

„Ich brauche erst einmal eine heiße Dusche", sagt Merle.

Kapitel 6 | Ein einsamer Seehund

Ein Tag zum Faulenzen. Die Sonne scheint. Es ist richtig warm. Und es ist Flut[19]. Das Wasser ist ganz nah an der Hallig.

„Es ist schon wahnsinnig, dass man bei Ebbe[20] auf dem Boden des Meeres wandern kann. Und dann, wenn Flut ist, kann man dort schwimmen und tauchen", meint Merle. „Alles an einem Tag."

Sie steckt ihren Zeh ins Wasser. „Brrr. Das ist kalt!"
Paul rennt ins Wasser und stürzt sich in die Wellen. „Es ist klasse. Kommt auch."
Er wirft Merle Wasser ins Gesicht. Sie dreht sich zur Seite.
„Warte", ruft sie. Sie springt ins Wasser und krault[21] hinter Paul her.

19 *die Flut, -en*: sehr viel Wasser, das Wasser steigt
20 *die Ebbe, -n*: sehr wenig Wasser, das Wasser geht zurück
21 *kraulen*: schwimmen, die Arme über den Kopf nach vorne bewegen, so kann man schnell schwimmen

Kenan liegt auf einem Handtuch. „Angeber"[22], schimpft er.
Lisa lächelt. „Eifersüchtig[23]?"
„So ein Quatsch[24]." Kenan nimmt sein Buch und liest.

Lisa geht mit den Füßen ins Wasser. Sie friert sofort.
5 „Es ist herrlich." Merle winkt ihr zu.
„Zu kalt!" Lisa bleibt im Wasser stehen. Sie schaut weit auf
das Meer. Die Landschaft hat viele Farben. Hinter ihr der
Strand, gelb. Vor ihr das Meer, blau, blau-grün, dann dun-
kelblau, fast schwarz. Darüber der Himmel, blau. Irgendwo
10 erkennt sie zwei Punkte. Paul und Merle, die schwimmen
und einen Wettbewerb machen: Wer schwimmt schneller?

Lisa blickt zur Seite. „Schaut mal", ruft sie den anderen zu.
Ein Seehundbaby liegt am Strand. Sofort rennen alle los.
„Halt!" Gesas Stimme ist laut. Kenan bleibt stehen.
15 „Kommt dem kleinen Seehund nicht zu nah."
„Der weint", sagt Lisa. „Hört mal."
Alle sind still und hören.

Da kommen auch Merle und Paul aus dem Wasser.
„Was ist hier denn los?"
20 „Psssst", macht Lisa. Der kleine Seehund weint leise und
schreit, jetzt weint er wieder, danach zwei, drei Schreie.
„Das nennt man ‚heulen'", erklärt Gesa.
„Weil seine Mutter weg ist?", fragt Merle.

---

22 *der/die Angeber/in, -/-nen*: jemand findet sich toll und sagt und zeigt
das auch allen anderen
23 *eifersüchtig*: jemand mag nicht, dass eine andere Person etwas hat
oder kann
24 *So ein Quatsch!*: man meint „Das stimmt gar nicht!"

„Das kann sein. Es muss aber nicht sein."

Gesa erklärt, dass man den kleinen Seehund nicht stören darf. „Auf keinen Fall darf man ihn anfassen[25]. Ihr dürft ihn nicht streicheln[26]." Denn dann riecht das Tier nach Mensch. Die Seehundmutter mag das nicht. 5

Gesa überlegt kurz. „Wir bauen einen Zaun aus Holz. Damit Wanderer ihn in Ruhe lassen."

Merle und die anderen suchen Sachen aus Holz. Gesa holt ein Band in rot und weiß. Schnell ist der Zaun fertig. Jonas kommt mit einem Fernglas[27]. Jeder darf einmal durch- 10 schauen und den Seehund beobachten.

25 *anfassen*: die Hand auf etwas legen
26 *streicheln*: vorsichtig die Hand auf etwas legen und vorsichtig und langsam hin und her bewegen
27 *das Fernglas, ̈-er*: ein Gerät, mit dem man Dinge ganz nah sehen kann

„Diese Kulleraugen[28]!" Merle ist begeistert. Der Seehund sieht aus wie ein Spielzeugtier, das Kinder mit ins Bett nehmen „Hoffentlich ist er nicht krank", meint Lisa.

„Kann er an Land leben oder stirbt er dort?", fragt Kenan.

5 „Es ist ja kein Delfin", sagt Jonas. „Er muss nicht nur im Wasser sein."

„Er wirkt ganz fit. Er ist kräftig genug", sagt Gesa. „Wir warten erst einmal. Und lassen ihn alleine."

„Sollen wir wieder ins Wasser?", fragt Paul.

10 Merle schüttelt den Kopf. „Ich beobachte den Seehund lieber noch ein bisschen. Mit dem Fernglas."

---

28 *das Kullerauge, -n*: runde Augen, wie bei einer Puppe

Kapitel 7 | Bernstein

Lisa setzt sich neben Merle in den Sand. Die Wellen sind ganz sanft. Sie schlagen leise an den Strand. Ein paar Möwen fliegen im Kreis hoch über ihnen und schreien laut.

Gesa meint: „Viele haben doch Bernstein gefunden. Sollen wir die vielleicht schleifen? Am Strand?"   5
„Du meinst, wir sollen sie glatt und rund machen?", fragt Paul.
Kenan setzt sich auf sein Handtuch. „Ich habe keinen Stein gefunden."
„Aber ich!" Paul läuft schnell in sein Zimmer. Er kommt 10
zurück und hält seinen Stein in die Höhe. „Das ist ein toller Stein, was?"

Gesa guckt sich Pauls Stein genauer an.
„Da ist etwas drin", sagt sie. „Ein kleiner Flügel[29]. Von einer Mücke."   15
„Igitt[30]! Ein Flügel" Kenan schüttelt sich.
„Der ist bestimmt viel wert. Ein Stein mit einem Flügel drin", sagt Paul.
Auch Merle und Lisa holen ihre Steine.
„Ich habe sowieso keine Lust auf Steine. Ich möchte lieber 20
hier liegen." Kenan hält sich sein Buch vor die Nase.

---

29 *der Flügel, -*: mit diesem Teil des Körpers fliegen Tiere
30 *Igitt!*: Das ruft man, wenn etwas sehr schlecht schmeckt oder riecht.

Paul, Merle, Lisa und einige andere sitzen auf einer großen Decke. Gesa hat Schleifpapier[31] ausgeteilt. Damit bearbeiten sie die Steine. So lange, bis sie glänzen. Danach nehmen sie Zahnpasta.

„Zahnpasta macht nicht nur Zähne sauber", sagt Gesa. „Sie macht auch Bernstein glatt."

Nach einiger Zeit sind die Steine glatt und hell. Ihre Farbe ist zwischen hellbraun und orange. Sie sehen aus wie Gold. Den Flügel in Pauls Stein kann man deutlich sehen.

15 Gesa hat einen kleinen Bohrer[32] dabei. Damit macht sie ein Loch in jeden Stein.

Kurz drauf hängen die Steine an Bändern.

20 „Freunde-Ketten", meint Paul. „Ich brauche so was nicht", sagt Kenan. Er setzt sich hin. „Freunde habe ich auch ohne Ketten."

---

31 *das Schleifpapier, -e*: dickes Papier, das Dinge glatt machen kann
32 *der Bohrer, -*: mit diesem Werkzeug kann man Löcher machen

Paul bewegt seine Kette vor Kenans Gesicht hin und her. Und her und hin... Immer wieder. Kenan nimmt Paul die Kette aus der Hand und wirft sie weg. 5

„Heh!" Paul stößt Kenan. „Was soll das." Beide rennen los. 10

Paul wirft Kenan auf den Boden. „Wo ist die Kette?"

„Keine Ahnung."

„Ich will meine Kette zurück!"

„Was soll das!" Jonas zieht Paul und Kenan auseinander.

Lisa war kurz auf der Toilette. Als sie zum Strand zurück- 15
kommt, spürt sie ein Band an ihrem Zeh. Sie bückt sich.
„Wem gehört die denn?"

Paul pustet[33] den Sand vom Bernstein. Er hängt sich die Kette wieder um.

Der Sand klebt an Paul und Kenan. Sie sehen aus wie Wie- 20
ner Schnitzel. „Unglaublich. Ihr seid echt wie Kinder." Merle
zeigt den beiden einen Vogel[34].

Paul und Kenan gucken sich an. Dann müssen sie laut lachen.

---

33 *pusten*: man drückt Luft aus dem Mund
34 *einen Vogel zeigen*: mit dem Finger an den Kopf tippen. Das bedeutet:
    „Du bist dumm."

Kapitel 8 | Das Turnier

„Was haltet ihr von ein bisschen Sport?"
Jonas springt hoch und runter, joggt auf der Stelle und im
Kreis.
„Super", findet Merle. Kenan stöhnt: „Zu wenig Bewegung
haben wir hier sowieso nicht." 5
„Du bist so faul, du schläfst sogar beim Gehen!" Lisa schließt
die Augen. Aus Spaß.

Paul fragt: „Welchen Sport sollen wir denn machen?"
„Volleyball. Beach-Volleyball. Am Strand."
„Prima Idee!" Lisa springt auf und ab. „Ich bin im Volleyball- 10
Verein."
„Dann sind wir in einer Mannschaft." Merle legt den Arm auf
Lisas Schultern.

Alle ziehen kurze Hosen und T-Shirts an. Sie laufen zum
Strand. Gesa bringt den Volleyball mit. Er ist ganz bunt. So 15
sieht man ihn am Strand besser.
Gesa und Jonas ziehen am Volleyballnetz, damit es die richtige Höhe hat. Dann geht es los. Merle und Lisa sind tatsächlich in einem Team. Kenan und Paul sind auch in einer
Mannschaft. 20

Der Sand ist warm. Die Sonne scheint. Merle trägt eine Kappe[35]. Pritschen, baggern, schlagen[36]. Im Sand ist das ziemlich anstrengend.

Kenan stöhnt. „Meine Muskeln tun mir weh. Und wie! Vom vielen Wandern im Watt."

Paul sagt: „Vom Schwimmen kommen die Schmerzen bestimmt nicht. Du bist eine Landratte[37]."

Kenan erwidert: „Von wegen Landratte." Er rennt zum Wasser.

---

35 *die Kappe, -n*: ein Hut gegen die Sonne
36 *pritschen, baggern, schlagen*: das macht man beim Volleyballspielen
37 *die Landratte, -n*: jemand, der nicht gerne im Wasser oder auf dem Meer ist

„Hey – was soll das! Wir wollen spielen." Lisa setzt sich in den Sand. Kenan taucht einmal unter. Er schwimmt ein paar Meter. Dann kommt er wieder zu den anderen. Er stellt sich neben Paul. Dort schüttelt er sich wie ein Hund. Das Wasser in Kenans Haaren fliegt in alle Richtungen. 5
Merle denkt: „Gleich streiten die beiden wieder."
Aber nichts. Paul lacht nur. „Eine kalte Dusche. Tut gut", sagt er.

Dann spielen sie weiter Volleyball. Merle und Lisa kämpfen. Sie wollen jeden Punkt gewinnen. Merle schwitzt schon. Sie 10 schlägt den Ball ins andere Feld. Paul springt nach dem Ball und baggert ihn noch zurück. Kenan will den Ball zwischen Merle und Lisa schlagen. Er will unbedingt gewinnen. Er springt hoch und schlägt. Ein Punkt! Paul jubelt.

Kenan landet im Sand … und schreit auf. Er fällt in den Sand. 15
Er hält sein Bein und schreit laut. Jonas und Gesa kommen sofort aufs Spielfeld. Merle sitzt neben Kenan auf ihren Knien. Ihm laufen Tränen über das Gesicht.
„Was ist los?" Merle legt ihre Hand auf Kenans Fuß.
„Autsch!38" Kenan dreht sich zur Seite. „Was für Schmerzen! 20
Das hatte ich noch nie. Das tut unheimlich weh."
Paul steht neben ihm. Er weiß nicht, was er machen soll..
„So ein toller Schlag", sagt er. „Das war der Satzball39."
„Ich bin eben doch eine Landratte", sagt Kenan. „Der perfekte Beach-Volleyballer." Er lächelt etwas. 25

---

38 *Autsch!*: sagt man, wenn plötzlich etwas weh tut
39 *der Satzball, "-e*: Wer jetzt einen Punkt im Spiel macht, hat gewonnen.

„Sollen wir mit Kenan zum Arzt gehen?" Merle guckt Gesa an. Gesa macht sich Sorgen. „Wenn das so einfach wäre", sagt sie. „Hier gibt es nur einen Sanitäter. Der Arzt kommt nur alle zwei Wochen."

5 „Was?" Lisas Augen werden groß.

„Ja, dann hat er hier Sprechstunde."

Paul kann das überhaupt nicht glauben. „Und wenn jetzt was mit Kenans Bein ist?"

Gesa sagt: „Keine Angst. Es gibt eine Lösung."

10 Sie telefoniert mit dem Sanitäter. „Okay", sagt sie. „Dann mache ich das."

Zu Kenan sagt sie: „Ich rufe den Rettungshubschrauber."

„Bitte nicht." Kenan versucht aufzustehen. „Es geht schon", sagt er. Doch kaum sind die Worte raus, schreit er laut: „Aua,

15 diese Schmerzen! Ich kann nicht laufen."

Jonas stützt Kenan. So kann er sich wieder in den Sand setzen.

„Nichts geht", sagt Jonas.

Alle stehen um Kenan herum.

Es dauert ungefähr eine halbe Stunde, bis der Hubschrauber

20 kommt. Sie legen Kenan auf eine Trage[40]. Dann verschwindet er im Hubschrauber.

„So ein Mist[41]", sagt Merle.

„Die Landratte fehlt mir jetzt schon", sagt Paul.

„Aha", macht Lisa. „Wirklich?"

25 Paul nickt[42] und sieht ganz ernst aus.

---

40 *die Trage, -n*: ein Bett zum Tragen
41 *So ein Mist!*: Man meint „Das ist nicht schön."
42 *nicken*: den Kopf öfter auf und ab bewegen – das bedeutet „ja"

Am Abend klingelt Gesas Handy. Das Krankenhaus ruft an. Kenans Fuß ist gebrochen. Er wurde operiert. Bei der Operation gab es keine Probleme. Kenan fühlt sich gut. Alle sind beruhigt.

Kapitel 9 | Der letzte Tag

Heute ist der letzte Tag. Abreise. Die Ferien im Camp sind zu Ende.

„Wie furchtbar! Montag ist schon wieder Schule."

„Grrrr ...", macht Merle. „Ich möchte noch hierbleiben."

5 „Ich auch", sagt Paul.

„Ach. War es doch nicht zu viel Natur?", fragt Merle.

„War es doch nicht zu langweilig?" Lisa grinst.

„Quatsch, zu viel Natur. Und langweilig war es überhaupt nicht." Paul zieht die Augenbrauen[43] hoch. „Es war ein toller

10 Urlaub." Er guckt auf den Boden. „Mit euch."

„Und mit Kenan", sagt Merle.

„Den meine ich doch auch." Paul seufzt.

Er geht noch einmal mit Merle und Lisa zum Strand. Dem Meer „Tschüss" sagen.

15 Sie gehen am Strand auf und ab. Merle sammelt noch ein paar Muscheln.

„Hier, für dich." Merle gibt Lisa eine Muschel. Sie ist wie ein Herz geformt. Vorsichtig packt Lisa die Muschel in die Jackentasche.

43 *die Augenbraue, -n*: die Haare über den Augen

Plötzlich ruft sie: „Die Mama!"
Paul wundert sich.
Lisa zeigt zum Seehund-Gehege. Dorthin, wo das Seehundbaby in den letzten Tagen lag und heulte. Da liegt heute ein
großer Seehund. Das Seehundbaby ist ganz still. 5

Merle rennt zum Jugendhaus. Sie holt Gesa. Zu viert gehen
sie zum Zaun.
„Pssst", macht Gesa. „Wir wollen sie nicht stören."
Die Seehund-Mama riecht am Seehund-Baby. Das Seehund-
Baby singt leise. 10
„Das hört sich wie Lachen an – es lacht tatsächlich", sagt
Merle.
„Es ist also doch kein Heuler", sagt Gesa.
„Wieso?"
„Heuler nennt man nur Seehundbabys, die wirklich verlas- 15
sen wurden."

Das Seehundbaby dreht sich auf den Rücken. Dann dreht es
sich wieder auf den Bauch.

„Es freut sich", sagt Merle. Schließlich bewegen sich Seehundmutter und Seehundbaby zum Wasser. Schon bald tauchen sie ab. Das Seehundbaby schwimmt auf dem Rücken.
Vor Freude.

5 „Mach's gut, kleiner Seehund", sagt Merle leise. Ihre Augen
werden feucht.

Sie nimmt Lisa unter den Arm. Sie müssen ihre Rucksäcke
holen. Gleich müssen sie zur Fähre gehen.

Sie müssen sich von Gesa verabschieden. Sie bleibt auf der
10 Hallig.

„Du warst die beste Reiseleiterin der Welt!" Lisa umarmt
Gesa.

„Und ich?", fragt Jonas.

Paul sagt: „Du bist der beste Reiseleiter der Welt. Aber du
15 kommst ja noch mit auf die Fähre."

Alle sagen Gesa „Auf Wiedersehen".

Kapitel 10 | Bis zum nächsten Jahr

Und dann sind sie wieder auf dem Meer. Dieses Mal geht
es zurück. Nach Hause. Die Hallig verschwindet schnell im
leichten Nebel.
„Und schon ist sie weg." Merle hat Tränen in den Augen.

„Und du bist gleich auch weg." Lisa greift nach Merles Hand. 5
„Wir schreiben uns, ja?"

Jonas kommt zu Merle und Lisa an Deck.
„Ich habe mir überlegt, dass wir kurz ins Krankenhaus zu
Kenan gehen", sagt er. „Er darf Besuch bekommen."
„Wir können zu Kenan?" 10
Jonas nickt. „Drei von euch dürfen kurz zu ihm. Dann müs-
sen wir weiterfahren." Jonas hat eine große Tafel Schokolade
in der Hand. „Für Kenan von der Hallig" steht darauf.

„Wir wollen unbedingt zu ihm", sagt Merle. Sie macht eine Pause. „Und vielleicht Paul?"

Da kommt Paul zu ihnen. „Was ist mit mir?"

„Willst du Kenan besuchen?"

5 „Klar, unbedingt!", sagt Paul.

Am Fähranleger wartet schon der Bus. Die Rucksäcke werden in den Bus gelegt, dann geht es weiter. Das Krankenhaus ist nicht weit vom Meer entfernt.

Lisa, Paul und Merle gehen ins Krankenhaus. Sie klopfen an
10 Kenans Zimmertür.

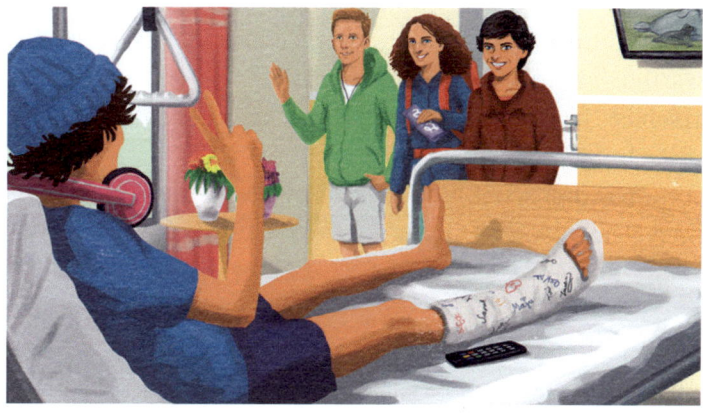

Er liegt in seinem Zimmer und sieht fern. Der Fuß ist in Gips[44]. Er sieht seine Freunde. Am liebsten würde er aufspringen.

„Was macht ihr denn hier?" Er strahlt.
15 „Die Landratte besuchen", sagt Paul.

44 *der Gips, -e*: wenn der Fuß kaputt ist, trägt man das

„Spinner[45]", sagt Kenan.

Merle gibt Kenan die Tafel Schokolade. „Mmmh. Lecker. Das Essen ist hier auch nicht so gut." Kenan öffnet die Tafel. Er steckt sich ein großes Stück Schokolade in den Mund.

Paul macht seine Kapuzenjacke auf. Er zieht die Kette aus 5 der Jacke. Die Kette mit dem Bernstein. Er nimmt sie ab und reicht sie Kenan.

Kenan verschluckt sich fast. „Für mich?"

„Eine Medaille", sagt Paul. „Fürs Volleyballspiel."

Kenan hängt sich die Kette um. „Toller Stein", sagt er. 10

Dann müssen die drei schon wieder zum Bus. Die anderen warten.

„Tschüss, Lisa", sagt Kenan. „Bis zum nächsten Jahr?"

„Klar, bis zum nächsten Jahr!"

„Und wir drei sehen uns. In der Schule. Meine Eltern kom- 15 men gleich. Morgen fahren wir nach Hause."

Die vier umarmen sich.

Im Bus sagt niemand ein Wort. Abschiedsstimmung. Es ist, als wenn Seenebel im Bus ist. 20
Merle sitzt neben Lisa. Sie schreibt auf ein Stück Papier ihre Adresse und ihre Handynummer. Darunter schreibt sie: „Vermisse dich." Den Zettel 25

---

45 *der Spinner, -*: „Du bist verrückt". Kenan meint das hier aber nett.

gibt sie Lisa. Lisa malt ein Herz. Da hinein schreibt sie ihre Handynummer.

Nach einer Stunde Fahrt müssen Merle und Paul aussteigen. Auf dem Parkplatz stehen ihre Eltern. Merle sieht ihre Mut-
5 ter, die winkt und sich sehr freut.

Lisa und Merle drücken sich. „Gute Fahrt! Wir telefonieren miteinander."
Paul schlägt in Lisas Hand und sagt fröhlich: „Bis bald!"
Sie steigen aus. Lisa winkt hinter der Scheibe. Der Bus dreht
10 und fährt wieder auf die Straße. Kurz drauf ist er verschwun-
den. Merle ist traurig und trotzdem freut sie sich.
Ihre Mutter und Pauls Vater rennen auf sie zu.

„Wie war's?", fragen sie.
„Großartig", tönt es ihnen entgegen. Wie aus einem Mund.
15 Merle und Paul können gar nicht aufhören zu lachen.
„Im nächsten Jahr will ich wieder hin", meint Paul. „Mit Kenan. Und natürlich mit Merle."
„Und mit Lisa", ergänzt Merle.

ENDE

Landeskunde: Die Nordsee und die Halligen

Die Nordsee ist ein Meer. Sie liegt im Norden Europas. Ein Teil der Nordsee gehört zu Deutschland. Dort machen viele Menschen gerne Urlaub.

Ebbe und Flut

An der Nordsee steigt und sinkt das Wasser. Das sinkende Wasser heißt Ebbe. Das steigende Wasser heißt Flut.

Hallig

Eine Hallig ist eine ganz kleine Insel. Es gibt in Deutschland zehn Halligen. Die größte Hallig heißt Langeneß. Auf manchen Halligen kann man Urlaub machen und es gibt auch Jugendhäuser für Jugendgruppen, zum Beispiel auf den Halligen Langeneß und Hooge (Foto rechts: Hafen von Hooge).

Viele Bewohner auf den Halligen sprechen Niederdeutsch, das ist ein Dialekt des Deutschen.

Warft

Auf sieben Halligen wohnen Menschen. Sie sind oft Bauern und haben auch Tiere, zum Beispiel Kühe oder Schafe. Weil das Meer auf die Halligen kommt, stehen

Häuser auf einer Warft. Eine Warft ist ein Hügel. Der Hügel schützt vor der Flut.

Watt

Bei Ebbe ist auf dem Boden des Meeres kein Wasser mehr.

Man kann weit in das „Meer" laufen. Der Boden ist nicht ganz trocken. Er ist grau-schwarz und feucht. Dieser Boden heißt Watt.

Sandbänke

Sandbänke heißen auch „Außensand". Eine Sandbank ist wie ein kleiner Hügel im Wasser. Sie entsteht durch Ebbe und Flut. Viele Tiere leben auf Sandbänken, zum Beispiel Seehunde.

Übungen

Kapitel 1

Ü1   Was ist richtig, was ist falsch? Kreuz bitte an.

	r	f
a) Merle kennt Kenan schon aus dem Kindergarten.	☐	☐
b) Merle, Paul und Kenan gehen auf eine Schule.	☐	☐
c) Merle und Paul gehen in eine Klasse.	☐	☐
d) Paul und Kenan sind gute Freunde.	☐	☐

Ü2   Wo ist das Feriencamp? Kreuz an.

a) In den Bergen.   ☐
b) In einer großen Stadt.   ☐
c) Auf einer besonderen Insel.   ☐

Kapitel 2

Ü 3   Was passt zu einer Hallig? Schreib bitte die richtigen Buchstaben in die Kästchen.

a) Auf einer Hallig ist viel los. Es gibt viele Geschäfte.
b) Auf einer Hallig ist es ruhig. Es gibt viel Natur.
c) Es gibt viele Cafés. Es sind sehr viele Urlauber dort.
d) Es wohnen nur wenige Menschen dort. Die Schule ist sehr klein.

☐ ☐

Ü 4 **Was könnte Paul sagen? Kreuz bitte an.**
Mehrere Aussagen sind möglich.

„Mir gefällt es hier sehr gut." ☐

„Es wird langweilig." ☐

„Ich mag die Hallig nicht." ☐

„Ich liebe Natur." ☐

„Ich möchte am Strand liegen." ☐

„Ich liebe Tiere." ☐

Kapitel 3

Ü5 **Welche Begriffe passen zum Wort „Watt"?**
Schreib die richtigen Wörter.

> feucht · hart · kühl · braun · matschig · heiß ·
> grün · tief

_____

_____

Ü6 **Welcher Sätze passen zu dem Kapitel? Kreuz an.**

a) Alle tragen Gummistiefel. ☐

b) Sie gehen auf einer Straße. ☐

c) Lisa geht mit Merle, Kenan und Paul. ☐

d) Es regnet stark. ☐

e) Merle und Lisa sammeln Muscheln. ☐

f) Paul findet Bernstein. ☐

g) Bernstein ist schwer. ☐

Kapitel 4

Ü7   Was passt nicht zu einer Sandbank?

> Vögel · Seehunde · Hasen · Sand · Sonne · Ruhe
> · Natur · Party · Strand

Zu einer Sandbank passt nicht:

_____

Ü8   Ergänze die Sätze. Der Text hilft dir dabei.

a) Merle entdeckt _____.

Sie ruft: „Wie _____ !"

b) Seehunde kennen alle aus dem _____.

c) Merle hebt eine leere _____ hoch.

d) Kenan legt sich in den _____.

e) Paul findet _____.

Kapitel 5

**Ü9   Was passiert zuerst? Was passiert dann? Bring die
Sätze in die richtige Reihenfolge.**
a) Gesas Handy klingelt.   ☐
b) Sie kommen an der Hallig an.   ☐
c) Merle duscht sich.   ☐

d) Jonas holt den Kompass aus dem Rucksack. ☐ 1

e) Die Gruppe geht von der Sandbank weg. ☐

f) Alle halten sich am Seil fest. ☐

g) Es wird dunkel. ☐

h) Alle frieren. ☐

Kapitel 6

Ü10 Schreib die Wörter bitte richtig.

a) ein Tier: DESENHU   __ __ __ __ __ __ __

b) Gegenteil von Ebbe: TFLU   __ __ __ __

c) Gerät zum Vergrößern: SFRENGAL

__ __ __ __ __ __ __ __

d) Sand vor dem Meer: NADTSR   __ __ __ __ __ __

Ü11 Beantworte die Fragen. Schreib bitte bei jeder Frage einen ganzen Satz.

a) Wer schwimmt im Meer?

_____

b) Was entdeckt Lisa?

_____

c) Müssen Seehunde immer im Wasser sein?

_____

Kapitel 7

Ü12) Was stimmt? Schreib bitte die richtigen Namen und Wörter.

a) _____ hat kein Stück Bernstein gefunden.

b) In _____ Bernstein ist ein _____ .

c) _____ liest.

d) Die Freude basteln _____ .

e) _____ streiten.

f) Paul und Kenan _____.

Kapitel 8

Ü13 Kenan ist verletzt. Die Hallig ist wie eine ganz kleine Insel. Vieles ist auf einer Insel anders als in der Stadt. Kreuz bitte an, was zur Stadt und was zur Hallig passt.

	Hallig	Stadt
a) Es gibt ein Krankenhaus.	☐	☐
b) Es gibt Ärzte.	☐	☐
c) Es gibt nur Sanitäter.	☐	☐
d) Der Arzt kommt nur alle zwei Wochen.	☐	☐
e) Ein Rettungshubschrauber bringt Verletzte ins Krankenhaus.	☐	☐

Kapitel 9

Ü14 Welche Zusammenfassung stimmt? Kreuze an.

a) Paul freut sich sehr auf zu Hause. Er sammelt mit Lisa Muscheln. Er schenkt Lisa ein Herz. Merle, Kenan, Paul und Lisa winken Gesa.

b) Die Seehundmama kommt zum Seehundbaby. Lisa darf den kleinen Seehund streicheln. Merle, Kenan, Paul und Lisa gehen mit Gesa zum Strand. Sie winken den Seehunden.

c) Es ist der letzte Tag auf der Hallig. Lisa und Merle sammeln Muscheln. Eine Muschel sieht aus wie ein Herz. Die Seehundmama kommt zum Seehundbaby. Merle, Kenan, Paul und Lisa sagen Gesa „Tschüss".

Kapitel 10

Fähre · Schiff · Auto · Bus · Fahrrad · Motorrad

Ü15 Womit fahren Merle, Lisa und Paul nach Hause? Schreib den Artikel und das Nomen.

Sie fahren mit _____ nach Hause.

Ü16 Was passiert? Was meinst du? Kreuz bitte an.

a) ☐ Lisa und Merle schreiben sich.

b) ☐ Merle will nie wieder auf eine Hallig.

c) ☐ Paul und Kenan verabreden sich.

d) ☐ Lisa und Merle telefonieren.

e) ☐ Paul, Kenan und Merle streiten sich immer.

f) ☐ Kenan wirft die Kette mit dem Bernstein weg.

Wichtige Wörter

Kapitel 1

das Wetter, - _____

das Meer, -e _____

das Festland, ˝-er/-e _____

die Schiffsfahrt, -en _____

die Welle, -n _____

seekrank _____

Kapitel 2

der Hafen, ˝- _____

die Hallig, -en _____

die Warft, -en _____

der Rucksack, ˝-e _____

der Hügel, - _____

die Stadt, ˝-e _____

Kapitel 3

die Sandbank, ˝-e _____

das Watt, -en _____

wandern _____

der Sand, -e _____

der Schlick, -e _____

weit _____

nah _____

die Muschel, -n, _____

der Bernstein, *Sg.* _____

Kapitel 4

der Watvogel, ˝- _____

fliegen _____

der Seehund, -e _____

der Zoo, -s _____

verboten _____

ausruhen _____

der Müll, *Sg.* _____

die Ebbe, -n _____

Kapitel 5

erschöpft _____

der Seenebel, - _____

die Wolke, -n _____

der Kompass, -e _____

der Norden, *Sg.* _____

die Dusche, -n _____

50

Kapitel 6

faulenzen

die Flut, -en

eifersüchtig

weinen

streicheln

das Fernglas, "-er

Kapitel 7

die Möwe, -n

schreien

schleifen

der Flügel, -

glatt

hell

die Kette, -n,

das Schnitzel, -

lachen

Kapitel 8

der Sport, *Sg.*

die Bewegung, -en

Volleyball spielen

die Mannschaft, -en _____

gewinnen _____

der Arzt, ˝-e / die Ärztin, -nen _____

der Sanitäter, - / die Sanitäterin, -nen _____

Kapitel 9

die Abreise, -n _____

der Heuler, - _____

tauchen _____

(sich) verabschieden _____

Kapitel 10

das Krankenhaus, ˝-er _____

der Gips, -e _____

besuchen _____

(sich) umarmen _____

der Abschied, -e _____

telefonieren _____

großartig _____

Meine Wörter

Aufsatz: Meine Ferien

Wo und wie lange machst du Ferien? Was machst du in den
Ferien? Wer ist bei dir? – Schreib einen Text mit 50 Wörtern.

_____

_____

_____

_____

_____

_____

_____

_____

_____

_____

_____

_____

_____

_____

_____

_____

_____

_____

Lösungen

Kapitel 1
Ü 1 a: r – b: r – c: f – d: f
Ü 2 c

Kapitel 2
Ü 3 Auf einer Hallig ist es ruhig.
Es gibt viel Natur.
Es wohnen nur wenige Menschen dort.
Die Schule ist sehr klein.
Ü 4 „Es wird langweilig."
„Ich mag die Hallig nicht."
„Ich möchte am Strand liegen."

Kapitel 3
Ü 5 feucht – kühl – braun – matschig
Ü 6 c – e

Kapitel 4
Ü 7 Hasen – Party – Strand
Ü 8 a: Seehunde … süß
b: Zoo
c: Flasche – d: Sand
e: Bernstein

Kapitel 5
Ü 9 e – h – g – d – a – f – b – c

Kapitel 6
Ü 10 a: SEEHUND – b: FLUT –
c: FERNGLAS – d: STRAND

Ü 11 a: Paul und Merle schwimmen im Meer. – b: Lisa entdeckt einen kleinen Seehund. – c: Nein, Seehunde können auch an Land sein. Sie müssen nicht immer im Wasser sein.

Kapitel 7
Ü 12 a: Kenan hat kein Stück Bernstein gefunden. – b: In Pauls Bernstein ist ein Flügel. – c: Kenan liest. – d: Die Freude basteln Ketten. – e: Kenan und Paul streiten. – f: Paul und Kenan lachen.

Kapitel 8
Ü 13 Stadt: Es gibt ein Krankenhaus. – Es gibt Ärzte. – Ein Rettungshubschrauber bringt Verletzte ins Krankenhaus. Hallig: Es gibt nur Sanitäter. – Der Arzt kommt nur alle zwei Wochen. – Ein Rettungshubschrauber bringt Verletzte ins Krankenhaus.

Kapitel 9
Ü 14 c

Kapitel 10
Ü 15 der Fähre und dem Bus
Ü 16 a – c – d

Notizen

Hörtext als MP3 unter www.cornelsen.de/webcodes
Code: miyeni

Abenteuer am Meer

Gelesen von   Melina Rost
Regie: Susanne Kreutzer
Toningenieur: Christian Schmitz, Pascal Thinius
Studio: Clarity Studio Berlin